Traducción al español: Anna Coll-Vinent
© 2003, Editorial Corimbo por la edición en español
Ronda General Mitre 95, 08022 Barcelona
e-mail: corimbo@corimbo.es
www.corimbo.es
1ª edición, mayo 2003
© 2002, l'école des loisirs, Paris
Título de la edición original: «La nuit, on dort!»
Impreso en Italia por Grafiche AZ, Verona
ISBN: 84-8470-089-5

Jeanne Ashbé

¡De noche se duerme!

Corimbo

Ésta es la historia
de un
hombrecito...

... que por la noche
no dejaba dormir
tranquilos
a sus padres.

Al principio todo iba bien.
El hombrecito no era más que un bebé.
Por la noche, sus padres acudían
apenas daba un grito; le hablaban
con dulzura y le ofrecían un biberón
de leche caliente, ¡que nuestro
hombrecito se bebía de un tirón!

A todos les parecía
normal que tuviera hambre
incluso de noche:
¡crecía tan rápido!

Tanto, que pronto
fue capaz de hacer un montón
de cosas formidables:

comer espagueti...

quitarse solito
los calcetines...

¡o incluso
hacer serpientes
de plastilina!

Ya no era un bebé.
¡Salvo por la noche!
Aquel hombrecito,
como un bebé,
¡reclamaba a voces
un biberón de leche caliente!

Y todas las noches,
su papá o
su mamá,
cada vez más
cansados, acudían
con el biberón.

Hacía tanto tiempo
que se levantaban
y estaban tan cansados,
que a veces incluso
hacían cosas verdaderamente
horrorosas ...

¡Como traer el biberón
al cabo de
mucho, mucho rato
y con malos modos!
O aparecer por la mañana
enfurruñados...

«¡Qué horror!»,
pensó el hombrecito.

«Yo quiero que papá y mamá
estén cariñosos incluso
de noche, como antes.

¡Caramba!,
sólo hay una solución:
¡volver a portarme
como un bebé!»

¡Y a la noche siguiente
lloró aún
más fuerte!

Pero esta vez,
vete a saber por qué,
ocurrió algo
sorprendente:
mamá entró en la
habitación **sin** biberón
...
¡y **en plena forma!**

Empezó a decir
cosas insólitas:
«¡Ma-a-a-má-a-a!
¡Me-e-e! ¡Miau!
¿Pero qué oigo?
¿Una cabra?
¿Un gato?
¡Pues qué bien!
¡Las cabritas y
los gatitos
dejan dormir
a sus papás!

¡Saben que
de noche
se duerme!»

Dicho esto, se inclinó
sobre la cama de su hijo,
lo arropó bien y añadió:
«¡Buenas noches,
hombrecito! Ahora
estoy cansada.
Voy a acostarme
hasta mañana.

¡Porque
de noche
se duerme!»

Y le dio
un gran beso
en la mejilla.

Entonces ocurrió otra cosa
sorprendente: de repente,
el hombrecito se acordó
de que ya era mayor y de
que podía hacer un montón
de cosas formidables,
como pedirle a su mamá:

«¿Me das mi osito de peluche?
Está en el sillón».

«¿Tu osito?
¿En el sillón?
¡Ah!, tienes razón»
   dijo mamá.
«¡Qué mayor
   es mi niño!»

Y el hombrecito
abrazó su osito
de peluche,
cerró los ojos... y
durmió toda la noche.
¡Chsssss...!

¡Desde entonces,
en esa casa,
duermen apaciblemente
todas las noches
un papá, una mamá y un
hombrecito
que ya es mayor!

Y cada mañana,
los tres,
muy descansados,
empiezan el día
con un delicioso...
¡tazón
de leche
caliente!

... ¿Los tres?